文学陕军新梯队作家书系
陕西省作家协会◎主编

画像

梁亚军◎著

作家出版社

序：一抹迷人的新绿

贾平凹

八位青年作家的作品摆放在我面前，就好像八个人站在我的面前，他们或高或矮，或胖或瘦，却都揣了一肚子的故事，一肚子的想法，以各自不同的姿势，不同的神情，不同的腔调娓娓地讲述着、叙说着，甚至唠叨着。他们说得那么全神贯注，说得那么情深意切，以至于让我心生感动，倏忽间看见了自己不太遥远的青年时光。

这八位青年作家多生于秦地，是黄土地养育的一群儿女。三秦大地多神奇，神奇的不光是这里的山山水水，沟沟卯卯，更有那些古老的传说，厚重的文化。生于斯，长于斯，骨子里难免就有了这块土地的脾性，血脉里自然就有了这块土地的因子——他们就像是这块土地上生出的几株小树，就像是这块土地上长出的几株庄稼，一边汲取着传统的营养，一边沐浴着时代的阳光，默默地扎着自己的根，长着自己的杆，繁茂着自己的叶，孕育着自己的果。而这一次的集中亮相无疑令人眼前一亮，欣喜的看见在陕西文坛的土地上又增添了一抹迷人的新绿。

作为这块土地上成长起来的作家，我和这八位青年作家大都见过面，说过话，虽然谈不上多么的熟稔，但对于其人其文，每每见之，却总能生出一股子说不出的亲切。这里面有地缘的因素，更有文化的姻近。我耳闻或者目睹过他们如何在纷繁喧嚣的当下抵御着各种各样的诱惑，独守着一份宁静顽强地跋涉、探索；我亲眼见证过他们凭借着汗水和努力取得的大大小小的收获。我常常在心底里为他们加油，为他们祝福；我也常常为为了他们的成长提供各种帮助的人们而心生敬佩。去年以来，陕西省委宣传部启动了“百名青年文学艺术家扶持计划”，包括这八位作家在内的二十余名青年作家被纳入其中，除了给予经费上的帮助，还多次组织学习班、培训班，邀请名家传道解惑；陕西省作协联合鲁迅文学院举办了鲁迅文学院陕西中青年作家研修班，为这些青年作家举行了拜师仪式，聘请了国内一流的作家评论家担任他们的导师。同时，在《中国作家》组织了作品专号，赴京组织了作品研讨会，并在《文艺报》等媒体对这些青年作家进行宣传，为他们摇旗呐喊。今年以来，文学院先后组织了“三秦文学季”系列讲座，聘请国内名刊大刊编辑进行系列讲课，帮助他们打开视野，拓宽思路；为了集中推介展示他们的创作实力，这次，文学院又选拔出八位青年作家，由作家出版社集中推出八部作品。现在，这八本书即将和读者见面了，是丑是俊，是咸是淡，就交给读者去品咂吧。

在和这些青年作家的交流中我说过这样的话，文学上有些道理本来也讲不出来，而且一讲出来就错了。因此，我不想就创作的方法原理一一赘述，我也不想就这八位青年作家的八部作品一一分析。我想说的是，创作需要个人的实力和努力，创作也需要一个良好的环境和氛围。幸运的是，在一大帮文学热心人的勤劳操持下，环境和氛围有了，就像唱戏的台子已经搭起来了，开场的锣鼓已经敲起来了，接下来戏会唱得怎么样？我期待，我有信心。

2015年8月 西安

目　录
CONTENTS

第一辑　耳聋记

第二辑　故乡辞

第三辑　画像

第四辑　周颂

■ 第一辑　耳聋记

听　障

在没有人的时候
我会对着镜子大声地喊
开始时我喊出声音
后来我就只会在心里喊
喊着喊着
在镜子里
我就看见了寂静的嘴脸

母亲也慢慢地学会了一些手语

母亲也慢慢地学会了一些手语
但简单而笨拙的手势
根本无法触及她的内心
这就使我更加的相信
她说给我的话
有多少胎死腹中
又有多少卡在了喉咙
被说出的那些
它们也没有更好的命运
最终都变成了一个个硬物，一枚枚苦果
一再的让她噤声，忍受
在疼痛中咬住自己的舌头

星期一，晨会

星期一，晨会
大家自觉地站在一起
看起来像一个团结的集体
他们刚吃过早饭
这个时候，还要把主任的话
一字不漏的吃进胃里
和他们站在一起，我羡慕他们
有一副消化词语的胃
在这个暂时团结一致的集体
常常是寂静，让我感到
自己的缺席

我想写一写

我想写一写，这间屋子里的寂静
天就要黑了，它就要把这间屋子
变成一口喑哑的井
我想写一写，屋子里的这盏灯
天黑了，它就更像我伸到这个人世的一双眼睛
明亮，但不想让它通灵
最好不要让它像聋了的耳朵
这些年，就是这双耳朵
一直在领着我四处飞奔
在这个世上，埋下了雷霆，也埋下了苦根
也让这身骨肉，越来越不适合灵魂
因此，在一片日记里我曾经写道：
“1982年我出生，听不见之后
我将再一次出生。”
已经快三十岁了，我真的再也不想
去求教于幻术，错把黑暗当母亲
一次次经历，她生我下来的痛楚

我不能说

两只聋了的耳朵，我不能说
它们睡着了，再也叫不醒来
这样的话，你听不懂
我也不能说，它们背叛了我
把我出卖给生活，出卖给这个世界
因此，我就可以恨它们，怨它们，哭它们
把一张说话的嘴巴说成是疼和痛
把你说成是我的敌人
这样的话，你就会觉得
我是一个充满怨恨的人，阴暗的人
我也不能说，听不见了
我有一颗忐忑的，不安的，畏惧的心
这样的话，你就会觉得我是一个
没有勇气，懦弱的人
我知道，你不喜欢这样的人
你也不喜欢我的生活
一种没有声音的，沉默寡言的
被寂静包围的生活
被大多数人抛弃的，低到尘土的生活
你也一定不喜欢我的灵魂
走出去，他一直在向这个世界
说我听不见，他低低地说，压抑地说

咬牙切齿地说，甚至想大声地说
歇斯底里的说，事实上
他也只不过是想，让你也突然安静下来
想起来，摸摸自己的两只耳朵

这一次

这一次，我要走到人群中去
两只耳朵能够到达的地方
广场路，西三路，人民路，凤凰路……
它们上面的店铺，商店，医院，银行，长高的楼房
我都要重新走进去。多少年来
我带着一颗植物的心，动物的心
没有耳朵的灵魂，想象着里面冷冷的声音
在这个小镇的街角，我遇见一个盲人
在弹琴。假如给他三天的光明
他会不会放声大哭。寄居在这个世上
我和他是一样的啊！有身体之痛，身世之悲
有尘世生活之苦。我和他是一样的啊
不仅想跑出自己的身体，还想跑出自己的生活
多少年来，想坐上陇海铁路线上的火车

多么悲伤的一天

这么多年，我逃避它，怨恨它
我忍受它，克服它
我祈求它，试着去理解它，讨好它
这么多年，我受它的奴役，凌辱
另一方面也已经把它千刀万剐
多么悲伤的一天，我看不见自己的本心了
看不见高处的菩萨，看不见
她对我默默的赠予与教诲
我也听不出早晨的鸟鸣了
听不出它一声接着一声
声声都含着对我的接引和悲悯
我有一颗疼痛的心，妄想的心，生灭的心
我早已看不出来有观照自我的因缘
在每一天的悲伤之中

你想说些什么，妈妈

你想说些什么，妈妈
你张了张嘴，又突然噤声
你没有想到有一天，说话也成为一种罪和负担

当你拿起笔，就会知道
你的话，还是只能说给我听
我也只能把笔，在你手里换成一把锄头

十年了，妈妈，你还没有死心么
打听各种各样的偏方，相信庙里的菩萨
你祈求与许诺的嘴唇，始终为它们张着

十年了，妈妈，你坐在黑暗里
不说话也不出声
时间像细碎的沙，多么的慢，多么的疼

十年了，你的话都说给了家里的牛和鸡鸭
你不知道，我多想帮你一把
在我面前，妈妈，你快把自己变成一个哑巴

在晚上

1

在晚上，你是一小块黑暗
像空气，是轻的
感觉不到身体的重量
我却希望把你从一大片黑暗中找出
就像我在一张白纸上
反复的画下你的眼睛与嘴唇
我与自己玩着这种徒劳的游戏
一个人白白的浪费

2

在晚上，就是这身皮肉
让我触到了空旷
同样是它，让我痛苦的说出
我们分隔两地
不像我的灵魂，没有边界
凭空就可以把距离缩减

3

夜晚漆黑，眼睛被迫放弃着视力
腿不像是腿，胳膊不像是胳膊
被再一次放空的身体，却是因为你
触到了大气的压力
而你从来就不是具体的
尽管你也有一个身体
我却只能把你和黑夜混同在一起
夜晚漆黑，紧贴着地皮
允许我虚构，允许我想入非非
允许我做一个快乐的小瞎子
在想象中，把你的嘴唇摘取

未接电话

对于手机，我只使用了
它的短信功能
我最熟悉的是它的收件箱，发件箱
而不是它的来电铃声
不是它的通话记录，未接电话

一个电话打进来
打电话的人在那头着急
我在电话这头犹豫
左边的耳朵大于90分贝
右边的耳朵大于100分贝
一个电话，让我左右为难

我的左手，忍受着
手机的震动与尖叫
我的右手，在等待着
他自己把电话摁掉
两只失灵的耳朵
只有在梦里才打过电话

只有在梦里，才能叫醒的耳朵
多么害怕梦外的电话

紧紧地揪着它，又不让
提到喉咙的声音开口说话
打进来的电话，在通话记录里
永远都是未接电话
在两只耳朵旁，永远都是
听不见的众生喧哗

一个又一个人

一个又一个人
感觉每一个人都在
当我一个人坐在灯下
感觉到每一个人
都像是扑灯的飞蛾
我喂养他们
以灵魂的光
而他们在另一盏灯下
一个又一个人
就像是不相邀约的闯入者
强拉我入伙
每一个人都拿走我的心
如鱼得水
我像一个丰富的矿藏
很容易就找到他们

覆　盖

天黑了，黑夜覆盖了大地
我们曾经也是这样覆盖你
父亲，不同的是
我们动用的是一块坡地
仿佛它就是大地上的一床棉被
适合你，入土为安的身体
在地下一味的熟睡
那一年，也是你把我带到坟地
那么多的纸钱，冥币
那么多的白，天还是黑了
那么多的白也说不出的死亡，黑
轻易的就覆盖了我的十岁

一个没有声音的小镇

我很想告诉你，陌生人
一个没有声音的小镇
在这里，一双耳朵要多么安静就有多么安静
我很想让你相信，凤凰路上的车站
有这个小镇最大的一块寂静
只因为我常常从哪里出走
它们拒绝被一辆一辆的汽车运走，搬空
就是陇海铁路线上的火车
看见我也只会闷着声，不声不响
一头扎进迎面而来的秦岭
宋家尧街道的菜市场，我天天从哪儿经过
只因为贝多芬，一双伟大的耳朵
也曾经拒绝被叫醒，我才能够
心平气和的接受这沸腾的生活
陌生人，你没有和我一起生活在这个小镇
你不知道，一个人开口对我说话了
就是生活对我开口说话了
一个人喊了我一声，就是
寂静喊了我一声，疼痛喊了我一声
你不知道，一个没有声音的小镇

还包括南来的秦岭，那里的寂静堆成了山
那里的水叫渭水，流的无声无息
只在我的心中藏起十万朵浪花

给母亲

1

在这个小镇，母亲依然是
离泥最近的一个人，她也乐于
把自己说成是一块泥巴
一辈子在土地上操劳
一方面，承受着来自土地的重压
另一方面，却又对它们割舍不下
现在几十里地，也要坚持一个人走回去
在老家，几亩地父亲留下来的
十几年了春种秋收，那些生育的泥巴
一到时间，就开始喊她

2

母亲在衰老，但还不会离开
只要被允许，再多的时间
我也认为它只有一个目的
就是让我们守在一起
相互抓住，而不是放弃
再多的时间，我都认为它出于善意

虽然每一天身体在疼，心在喊疼
我苦恼的是，时间它戴着两副面具
有时像一个老人，有时又像一个顽童
我摸不准它的身份，因此
我也摸不准自己的内心
不知道是该爱，还是该恨

在西安，给女儿

在来临的黑夜中，我更容易把手伸出去
在空气里，更容易摸到你小小的身体
当我打开手机，我就看到了你
一张稚嫩的小脸，更容易让我说清自己是谁
就像两只耳朵对声音的拒绝
我曾努力拒绝过这副身体
我曾经认为，灵魂就是一缕空气
可以在另一副身体里跑来跑去
一个人，在一个瞬间
可以有无数个面孔和活法
这样的想法，曾经让我得到了安慰
但现在因为你，我的身份只有一个
而夜晚的月光也是静止的
没有被哪一副身体使用过
没有被哪一个想法伤害过的样子
就像你，女儿，不会跑出自己的身体
还不会与自己，与这宽阔的距离为敌

今天，我又想了你一下

天黑着。走进来的夜色
清凉，还有一点点的冷
我喊了你一声，就准备躺下

夜晚为我准备了
足够多的时间和耐心
一些话，我要再说一遍
另一些，你叫做梦话
意外的事情，也屡次发生在梦中

早上，晨光带来了一场小雨
走出去，看见路旁的小树
看见我刚刚醒来的替身
湿漉漉的在春风里
又努力发了一次芽

多么像我，舌头麻木
却忍不住，又想了你一下

母　爱

到了晚年，我和母亲之间的分歧越来越大
一句话也可能会有几种说法，才能传到我这里
事实也是这样，因为一句话我们都是孤单的
都在暗暗地向一个看不见的人求救
对于两只耳朵，多年以后
我们也有了不同的看法
一个母亲，要更固执一些
更加的愿意相信自己的错觉
相信时光就是一把越来越锃亮的钥匙
相信自己的母爱，相信来自体内的
一块骨肉，对自己依然会有感应
而我却要悲观一些，两只耳朵
多少年了，我早已使用不了它们

耳聋记

1

在没有人的时候
我会对着镜子大声地喊
开始时我喊出声音
后来我就只会在心里喊
喊着喊着
在镜子里
我就看见了寂静的嘴脸

2

这些过去的熟人
我细算了一下，他们有很多
集中在一些不同的地方
十几年了，我并不想和他们见面
听不见之后，我就已经决定
和他们决绝。在那些日子
就像挤干的海绵
身不由己的开始放弃
他们就是这样被挤出了我的生活

他们被囚禁在过去的生活里
我通过回忆接近他们
一生的话都在那些时候说完
剩下的时间，我已听不见他们在说什么
他们是一些始终有声音的人
我不能把他们全都变成哑巴

3

他把说给我的话
用笔写了下来
他写的时候，我一直在看
在我听不见之后，话
只能这样来说
只能把它们还原成
一个个字和词语
就是说，我们用这样的方式
取消了声音，当然
我们还可以以耳聋的名义
取消其他的一些东西
比如爱情，比如性

4

这些人，我认识他们
却从来没有和他们
进行过一次深入的交谈

说出的话，总是那么一两句
像豆大的光，一闪即灭
照不亮内心的黑暗

5

当我说出声音，它总是虚幻的
但它对我来说，就是
这个世界上最大的案犯
每一个人都可能成为它的帮凶
同样因为它的虚幻
使我成为另一个案犯
在想象中，一次次
对这个世界犯下过错

6

爱着，却不知道爱着谁
就是说，我的爱
无法落实到一个具体的人身上
我的爱，注定是
一场没有结果的精神恋
就像一场没有硝烟的战争
为着一个没有姓名的女人

7

我无法把两个说话的人和我加在一起
我更愿意把自己从他们之中减去
这么多年，我习惯了这样的逃避
就像这么多年，两个说话的人
一直被我看成是两台说话的机器
他们陌生，认真
完全不会理会，一个被自己身体困住的人
在寂静中，无法松一口气

8

听不见之后，我的生活发生了这样的变化
很多事物都开始藏在暗处
但几乎是所有的人，都把声音藏在了喉咙
这样并不是说，他们因此就变得沉默寡言
相反，他们比任何时候
都让我感到聒噪，吵闹，说话的重要
和他们坐在一起，他们让我
不无感伤的感到自己的多余和滑稽
一个在寂静中一沉到底的人
按他们的话就是说：可有可无
在这样的场合，即使一条狗
只要它突然竖起两只倾听的耳朵
就能够立即把我羞辱

9

生病听不见的那一年
她还没有出生
现在，却长得像小树一样高
和母亲来到家里
在房子里，跑来跑去
就像一阵风，搅动着房子里的空气
稚嫩的声音，来自小小的身体
却让我感到同样的困难
与之对应的是我对寂静的感应
“房子里的寂静又深了一寸”
这样的话我又羞于说出口
甚至内心的疼痛，我也羞于承认
她是一个小姑娘，她有这样的权利
把世界当做一个乐园，任性，肆无忌惮
对任何灰暗和疼痛不负责任

10

在晚上，关掉灯或者闭上眼睛
我细细的体味一个目盲者的心情
说真的，我还没有真正的遇见过这么一个人
但事实上，就像一盏瞎掉的灯
我根本无法把他在我的体内接通
最后，我只能绝望的睁开眼睛，重新打开灯

把他一个人，丢弃在黑暗之中

11

在电视里，他们是一对夫妻
男的是海军上校，女的少了十根指头
但他们就像我在这个世界上的亲人
在这个晚上，就让我这样把自己包括进去吧
如果接下来，我说到自己的耳聋
并在灯下，竖起十根通红的手指
不是出于至深的畏惧，而是因为
几欲破胸的爱恋在身体里挖

12

接电话的母亲，我明显的
感到了她的身上在一瞬间发生的变化
头歪着，身子微微的前倾
仿佛在向一个看不见的人趋近
现在，她的话
终于有人在电话那一头响应
而不是在儿子面前
说出来，却只能自己去听
几乎就在同时，我也敏锐地感到了
房子里，多出了一个
说着话的人微微传过来的体温

13

这个开口向我说话的人
我知道，他确实想告诉我一些什么
他已经走到了我的面前
近到不能再近的距离
他的嘴几乎贴着我的耳朵
但距离的缩减
并不意味着我就能听见他在说什么
我的耳朵，在取消着他的言说
有一阵子，他一意孤行
把我的耳聋抛在了脑后
仿佛一把坚挺的机枪
这让我感到，他已经开始醒悟
那个暗藏在我身体中的敌人

14

在家里，母亲的话
总显得孤单
话说出来，只能自己听见
它们就像一群死士
曾向我的耳朵里突围
三秒钟的搏杀
寂静就已得手

15

走出去，我常常会产生这样一种冲动
大声地喊出自己的耳聋
在我的身体里，一直藏着这么一个炸药包
也许雷声可以作为我的参考
一下子，叫醒那么多沉睡的耳朵
但弄出这么大的声响
却只能使我更加的绝望
事实上，确实也是这样
一半出于自身的畏惧，另一半来自
身边走动的人群，屈服于他们的力量
每一次，我都选择了噤声，忍受
把产生闷响的炸药包
在身体里挪了又挪

16

走回来，一间小屋
它有时候能够
准确无误的说出我的疼痛
一间小屋，可能就是我空荡的心房
等待某一个人的闯入
在等待中沉溺于幻想
思念洞开门窗

17

他们是一对年轻的夫妻
男的又聋又哑，女的也是
两个完全被寂静埋没的人
在家里，彻底消灭了声音
“几乎没有什么声音，可以把他们惊动”
这样的话走出去，对他们同样适用
最后，能够被提及的
只剩下身体里的一声声闷响
也彼此相像

18

多年前，我曾经这样描述
自己的身体：就像一个年轻而结实的树干
现在，我却只能把他说成是
一台无法返修的机器，在两者之间
我更愿意接受前一个比喻
以树自喻，还在于我接受
一个完好无损的身体，而不像一台机器
暴露出我身体里的病痛和隐患
以及随之而来的敌意

19

听不见了，我与两只耳朵的关系
应该说，也就开始断绝
首先是声音直接被切断，接着是
接连不断的灾变。两只耳朵
现在，我已经不能把它们孤立的
看成是身体上的两个器官
相反，它们一再被人为的放大
并且始终与我的身体和生活有关
以至于，时刻都让我感到了它们的重压

20

我想这样描述一场大雨
我想说它下到了我的身体里面
听不见了，我与这身皮肉的关系
也开始变得紧张，我想说
它是障碍，是牢房
但事实上，出于对声音的回想
以及对一场大雨由始至终的抵抗
我还是不得不说出另一个真相
千万个雨滴，正把我的肺腑
砸的噼啪作响

21

这个晚上，我想把电视剧里的一首老歌
说成是一个勾人的魂魄
就是它把我拉向过去的一段生活
并迫使我，把自己说成是
一个偷偷摸摸的掘墓人
往时光的深处挖掘
但向后而生，我就只能承认
因为耳聋，原本完好无损的生活
就会充满无法避免的障碍和漏洞
就像某一些人，他们已经无法接近
即使我有心，复述他们的举止与言行
但弄出一点声响，却更像是出于捏造和想象

22

听不见了，我怎么能恨一个说话的人
但我确实在这样想：让每一个人
都聋一回，让他们都变成哑巴
让事实最终开口说话，替我复述
一生的劳役与苦楚
海伦·凯勒说："仅仅只要三天"
我举双手赞成，需要补充的是
她最后还说："每个人都会因此受益终身"

23

坐在电视机前面，很长一段时间
我不断地摁着遥控器
听不见之后，我的生活已经减到最低
只是偶尔看一次电视，每个频道
都是陌生的，就像不再熟悉的生活
让我变得胆小，笨拙
很多地方我走不进去
我犹豫着拿不定主意，说还是不说
自己的耳聋，这么多年
我不敢大声地说出来
忍受着被篡改的生活和内心的拷问
已经够多了，再也不能够忍受
一部看不懂的哑剧

24

像我这样的人，有一天
也会把自己视为凶手
在心里准备了一把刀子
这只能说明，因为耳聋
我确实已经变成了这样的人
就像一个输红了眼的赌徒
已经被彻底的激怒
不知不觉间，就具有了

暴力的倾向

25

如果要说出这个晚上因为耳聋
而感到的寂静，我愿意喊出这样一些人
张燕，周小英，张富强，郑维利……
还有更多的人，不能够被我喊出
他们藏在黑夜里，哑着声
不说话，也不现身
不能够把他们一一区分
就只好把他们混同在一起
作为一个集体，共同拥有
一张寂静的嘴脸

26

有时候，我突然会羡慕一个人的老
其实，我只有二十七岁
但已经把更多的时间花在了回忆上
我乐于一遍一遍的把它们翻捡
而不是一直向前，去看时光
那一张陈旧但深不可测的脸
老了以后的生活，我也不是没有想过
事实上，我一直就是一个猜谜者
内心怀着胆怯，之所以
在回忆中留恋，一次次往返

实在是因为可以借用它们为自己壮胆

27

人到中年，身体开始发胖
区别在于耳聋
她的年龄，我们都知道四十七岁
但她坚持要减掉六年
六岁那年，她耳聋
用她的话说：她们已经不是同一个人
这么多年，更是活成了另外一个样子
现在她说起六岁以前的自己
就像一个不幸的母亲，在怀念
一个夭折的小女儿

28

夜晚漆黑，正适合一个人
赤身裸体，身披胎衣
我活过了二十七岁，却想着
把这身骨肉，重新送回去
母亲就睡在隔壁，像一架
衰老的时钟，她的身体
同样在和黑夜纠缠
但黑夜只管黑着，从不理会
也解决不了我们和时间之间的争端

29

一点点的声响，来自左耳
因此，我时常摸这只耳朵
我对它的了解也最多，它也更像
我的骨与肉，而不像右耳
我支使不了它，已经完全被我冷落

30

在电视里，她一直对着我哭
悲恸的泪水，打湿了好看的脸庞
消瘦的肩膀，随着哭声在起伏，耸动
仿佛我就是她身体里暗藏的那个人
这让我，在空荡荡的房子里
开始变得有一点冲动
“为了感动一个女人的心，我情愿
烈火焚身。”这样的话
听不见了，一直没有得到事实的验证
相反，我却得到了更为残酷的教训
真实的情况是：多年前说过的话
现在，我已经羞于承认
因此，在这个晚上，我把我的冲动
解释为身体的一次暴动

31

听不见了，但这是为什么
一个人被迫一次次吞咽下屈辱
却无处申诉，如果要搜寻痛苦的根源
只能顺着身体往里挖
把寄居在体内的一粒病毒
说成是罪魁的祸首
事实上，它一直没有被清除
相反，它正在反复的感染我的生活
并一再地制造着事端
但一粒病毒，显然不够用来
稀释内心的疼痛与疑问，为了安慰心灵
我还需要更多的假想敌作为它的仆从

32

她们开口说话的时候
空气里突然就布满了暗藏的针尖
我曾有意暗示她们，我很痛苦
但一句话和一根针尖，如果我试图
让她们接受这种转换
事实上，就等于让她们接受
莫须有的罪名一样困难

33

我多么需要知道她们在说些什么
可我什么也没有听到
我多么需要在她们说话的时候
像一根寻找线头的针
插入到她们的谈话之中
可我什么也没有听到
我什么也没有听到，我多么需要一把刀子
把心和耳朵痛快的割掉

34

这么多年，我也经历了几次
所谓的恋爱事件
像一块泥土，身不由己的爱着
用尽了全身的力气，还是拒绝不了
被踩疼的命运，如果现在
我还相信，有谁会爱上我的耳聋
就会像多年前，把她们看成是
一群仙女一样愚蠢。我与她们的关系
事实上，就等同于我与这身皮肉的关系
耳聋一直是多出来的，如第三者插足

35

这个下午，在房子里我不打算走出去
不打算让寂静走出这一间屋子
外面是阴暗的天，还弥漫着雾气
相对于一间房子，它庞大的体积
足以让我畏惧，就像它囤积的空气
足以让这个小镇上的几十万人呼吸
如果把它换算成压力，我只有把自己粉碎
更绝望的是，我根本就找不出它的边界
对此，我已经深有体会
那是两年前的一次远行，几十个小时的火车
把几个省的寂静都叫醒，而仅仅
和他们打一个照面，就已经让我感到了
这其中的危险，事实上也确实就是这样
没有声音，只有寂静，如果我还固执的
坚持继续否认，这个世界对我的判定
那么我就只好任由自己在悲痛中迷乱，疯癫

36

这么多年，我一直把黑夜等同于寂静
因为要区分它们，就只有忽略我的耳聋
在两者之间，如果我仍然
把寂静说成是一个暴君，把黑夜
说成是一个巨人，也不是要让他们各自为政

而是要让他们相互对对方施加作用
事实上，这个在白天人声鼎沸的小镇
在后半夜，因此而被腾空
它所显现出来的空寂，使我终于得以放松

37

听不见了，我已经习惯了在开口说话的时候
在内心，先说给自己听
为了不让寂静，卡住我的喉咙
为了不让一句话，胎死腹中
每一次，我都必须校正好自己的嗓音
与寂静周旋，而不是
在寂静中一沉到底，我的体内
还必须饲养一支喧哗的马队
它们不断的弄出声响，并适时的向外突围

38

我这样来区分那些声音
大于100分贝和小于100分贝
特别要强调的是天上打雷
一声声闷响，来自我不熟悉的天上
在这个地上，我已经说不出来
人弄出来的声响

39

我有过这样的日子，度日如年
时间明显的慢了下来
肥胖的时钟，它的体重
全部压了下来，昼长夜长
一只不堪重负的时钟
我和它彼此相像

40

耳聋，偏头痛，这身皮肉
我生下来，就注定要与他纠缠不清
但另一方面，我对他的怀疑
也在一天天加深，我尝够了身心分离之苦
疼痛纠结的内心，一点也不比
这身皮肉轻松，我的灵魂
尽管可以随意出入，但他走不进
另一些陌生的身体，而我却
时常隔着他们在抚摸着自己

■ 第二辑　故乡辞

在这个尘世

在一间房子里睡去
在一间房子里醒来
在这个尘世，一间房子
它现在就是我的住处
另一间，就在隔壁
它们加在一起，还不到
二十个平方米，但是住着母亲
我就能把它叫做家
更大的是村庄
因为父亲死在这里
我把它叫做故乡
最大的是天和地
我一辈子也走不出去

村　庄

在村庄东头喊一声，在村庄西头
就有人回应，声音一高一低
在枝叶间传得很远，一个村庄都能听见
三棵大树，姓杨，白杨的杨
高高的树杈间一律都搁着一个鸟巢
剩下的核桃树，柿子树，槐树，椿树，梨树
它们的主人，姓刘姓王姓梁
它们的主人，换了一茬又一茬
有的已经睡到了地下
隔着沟壑，隔着阴与阳，相望两茫茫
在村庄，雨水来自天上，雨水不是风水
人间事，身后事，祖先的美德，荫庇儿孙
风，也是一阵又一阵
吹来了谷雨，芒种，白露
吹来了地上霜。鸡鸣狗叫，人畜兴旺
当暮色来临，也肯定是一盏灯叫醒了
另一盏灯，一缕缕炊烟在夜风中飘荡
很快，也肯定会被收归无有
像一个人，在夜色中走了魂
夜深人静，也肯定是闩门的声音太过响亮
一大片月光，肯定照见了祖先深埋的脸庞
老银子一样，跳上了山梁

所有逝去的亲人都没有走远

我想打一个电话，所有逝去的亲人都没有走远
我要给他们之中的每一个人，分配一个号码
让他们也翻翻电话簿，通信录，这还没有来得及过的生活
也让我翻翻他们的姓名，身世和命运
翻一翻生，老，病，死，翻一翻一个人隐秘的内心
我就会知道，在阴面的声音也总是在阳面响起
我就会知道，应该趁早打一个电话
问一问他们的健康，腰腿疼，风湿病，骨质增生
是不是一模一样，无法继续安妥在身上
白云下的秦岭，落星湾，鸡坡村
摸一摸镰刀的光芒，听一听斧头的声响
在烟雾缭绕中和他们说一说灵魂和故乡
问一问他们的理想。暮色四合
顺便的再谈一谈黝黑的死亡，地狱和天堂
是不是和我看到的也是一模一样
这大地上悲欢无常，到处都是埋人的地方
等天亮了，天亮了到处都是啊我们逝去的亲人
在大地上，身子一闪就坐在了青草和墓碑上

老木匠（一）

这个腰有点弯，背有点驼的人
越来越像一根老木头
身体里藏着木头一样的年轮
脸上的皱纹也像一根根歪斜的墨线
年轻的时候，他会说：错了，错了
在一根木头上，它们应该得到一根墨绳的校正
这样一把锯子，才能得到正确的指引
在一根木头里走动，直到一把斧头
敲出叮叮当当的回声
一根木头，就在一张桌子，板凳，柜子中
找到了最终的归宿
一个村庄，曾经受惠于他的手艺
婚嫁，新房，甚至一根拐杖
一棵棵大树，对他也有回应
允许他抚摸，允许他想象
只有黑夜能让他瞎掉
因为一副白藕一样的身体
会让他嗅到一根木头的香气
他的老是从放下了手艺，一把生锈的锯子开始的
很多人开始出走，介于虚无和生死之间

直到时代丢给他一个放空的村庄
枯败的暮色里，只有几棵大树犹如故人
他在衰老，一根根木头在接受腐烂

老木匠（二）

他用一把锯子：锯
他用一把凿子：凿
他用一把锤子：敲
从第一根木头，取出了板凳
从第二根木头，取出了桌子
另外的一根，取出来的东西
不是柜子就是床
还有一些东西
他需要再好好地想一想
最好能让他坐下来
和一根木头商量商量
听一听，锯子的声响
摸一摸，凿子的光芒
试一试，锤子的重量
也让他知道知道，这把骨头
老了老了，就有一些不切实际的幻想
希望一根木头，自己就能够生长
长成孩子他娘，长成儿子的一副拐杖
长成一个姑娘，新媳妇一样
喊他爹，声音像蜜糖

当我写下雪

当我写下雪，雪已经下了一天
雪已经住了一夜。它还要
在这个小镇上多住上几天
像一个人，在这个冬天
住下来，就不走了
她是这样的，天不亮就开始起身

当我写下雪，我也写到了风吹
我说：风吹雪花，扑打面颊
我说：风呀，请你慢慢吹
吹到一个人的身上，但不要
吹疼了我的眼睛和她鬓边花白的头发

当我写下雪，我也写到了冷
散失的体温，和一个人
不断加厚的衣服。在这个冬天
我知道她的身体
继续在向外，开裂

不能把我的体温向外分出来一点
当我写下雪，其实我也是想

在这个冬天，多写几个字
多喊几声妈妈，在她的内心
多收集一点点温暖和火焰

落星湾

死亡在这里与头顶的星空
一直有着神秘的感应
出于由来已久的敬意
人们一直在默默地传颂："那一夜
见一大星，赤色，光芒有角，坠于蜀营"
因此，当黑夜再次来临
越来越多的人开始在天上显身
开始与某颗星星对应
相信一颗星星就是自己光芒的一生
一个人死时，也有一颗星星
在天上暗了下来，摇摇欲坠
但坠向哪里，一直是一个谜
像一个人的坟地，曾经严格地遵守着
村庄的地理，风水
一个人的命运，荣辱
跟时代有关，但常常被忽略不计
2014年的秋天犹如故人
村庄老如枯草
一个人留了下来，只是因为老了，不中用了
更多的人在年代中出走
在死后，才能魂归故里

比如一个声音在东南方喊：褒斜道，斜峪关
就有另一个声音在西北方回应：五丈原，落星湾
而星星在天空一直张望着人间

村子的西头

三间瓦房的主人，姓刘
一个冬天都没有见他走出来
风从东头吹到村子的西头
总是要停在黑暗的门洞里吼一吼
仿佛老刘粗大的嗓门还挂在门口
有时候，门洞里走出来的是老刘的老伴
这个沉默寡言的女人
一辈子没有大声说过话
这个时候，仿佛是为了回应风
才丢下几声咳嗽
也随手，把一对门神关在了身后

山梁上的几棵松树

山梁上的几棵松树
现在我愿意叫出它们的名字
愿意把他们说成是：村头的老梁，村尾的老吴
村西的老刘，村东的老王
尤其是在夜里，当夜色一再的压低
低到了几个墓碑，他们就会结伴来临
月光下，蹲在风口
老梁看见了自己新开垦出来的坡地
老吴找到了自己亲手盖起来的牛圈
老刘和老王，冤家见冤家
则要一会儿不出声
但他们的手在痒，心在悄悄的痒
尤其是一块地，为两个爱地如命的好把式在发痒
两个老死不相往来的死对头
到死时才谅解了对方
不像老吴和老梁，住得远却走得近
隔三差五的要串串门
老梁要看一看老吴圈里的牛
老吴要听一听老梁唠叨几声地里的庄稼
那是一段村庄的好时光
雨水旺，种田忙

庄稼长得壮，土地如爹娘
暮色中，能听见牛羊归槽的声响
在一个被我叫做故乡的村庄回荡

风吹啊，雪花飘

风吹啊，雪花飘
仿佛就是为了救活
眼前这一幅枯瘦的山水
天公作美，山河为之变色
常常在不经意处留下了
意外之笔，意外之喜
树木会意，一根根枯枝解风情
一朵两朵三四朵
直到被千万朵雪花摁住
才知道风的轻，雪花的重
但再重也重不过
远处的秦岭与渭水
晨起开门雪满山
啊！天地有大美
十万亩雪花，为了美
每一朵都有献身的冲动

春　耕

到了春天，一两声
绝句一样的鸟鸣
就要为村庄
押上嫩绿的韵脚
风一吹，雨水就来了
不多不少，刚好是春天
一个村庄的需要
鸡未鸣，耕者起
刚好让村头的大伯
摸着黑，把墙角的木犁
收拾出来
“春耕深一寸
能顶一层粪”
作为回应
他农谚一样的声音
也会让槽里的牛
眼睛湿润
“哞”的叫上一声

雨　夜

雨在下。一只被草叶染绿的手
在黑暗中摸到了墙上的灯绳
灯下，大伯被雨水清洗的脸
仿佛一块黑亮的瓦片，在灯光下
一闪，就又走到了屋子外面
牛房在院子前面，要走过去
他的脸，将要被雨水再清洗一遍
他的脸，我知道，被一双大手
摸了一把，已经饱含汁液

农 事

新收的麦子，摊开在晒场
六月的太阳，在天空滚动
从早晨到黄昏，母亲要用锄耙
将晒场上的麦子翻动几次
这些在太阳下晒干的麦子
用于贮藏和一家之口食用
在黄昏，它们被母亲堆在一起
在装进口袋之前
母亲还要将它们筛选干净
沙粒和草籽被母亲拣出来
一些空洞的麦粒，也会被母亲筛选出局

姥　姥

一生生养众多，到了晚年
我们围着你，喊你姥姥
姥姥，你的爱已经分不过来
春天有那么多的桃花，嘟囔着小嘴要开
但2002年的春天，在那个叫做马蹄庄的村庄
三间瓦房，掩盖着悲伤，我们的嘴却是空的
我们开始对着空气练习，对着一个
看不见的人喊话。疾病终于将你击垮
你倒下了，姥姥，像一片叶子
在第一缕春风中，突然放开了自己
回到了土里。你的九个儿女
像你分散在这个世上的九个支脉
大姨，你的大女儿，也老了，头发花白
最小的儿子，小舅舅，春风吹拂着
他渐近中年的身体。但我要说，姥姥
春风不声不响，像一个哑姑娘，像最大的
一粒悲伤。疼生疼，苦生苦
姥姥，原谅我，听不见了
春天已经让我疲惫不堪，在死亡面前
看起来像一个没有心肝的少年

在秋天

像一把老锄头
一把老镢头
一把用旧的镰刀
像一把生锈的菜刀，磨了又磨
现在，在她的手里
又要飘出饭菜的香味
泥土的香味，比一缕炊烟细
但是能绑她回去
几十里地，走走停停
在乡下，秋风中的玉米地
一株株老玉米，顶开了苞衣
要再一次累弯她的腰

春天短句

外面的风，我要叫它春风
外面的雨，我要叫它春雨

风吹了一天，我知道它在忙着招魂
雨下了一夜，花粒和草种在地下叫门

仅仅只是弹丸之地，再加上几声鸟鸣
就能让这个春天的灵魂，在这个小镇附身

雪还没有落下来

雪还没有落下来，树木的叶子却掉光了
光秃秃的枝丫，藏不住村头和村尾了
一叶不能障目，一只麻雀
也不会让我把它看成是一片枯败的叶子

雪还没有落下来，一把老扫帚还被放在墙角
大婶在后院用它扫了一把散落的柴火
天黑的早了，在半山腰
一片枯瘦的山水上面
夜色更像一顶土头土脸的盖头了

牛在槽里打盹，猪在圈里长膘
一两声狗叫，落在窗外
灯下大伯的想法是，在雪落之前
把粪运到梁上的麦田
根据他的经验，天降大雪就会兆着一个丰年

安乐寨

风从秦岭山上下来
河水从秦岭山上下来
南来的秦岭却一个急停，站稳了脚跟
对迎面而来的平原，有着深深的认同
很多事情就这样开始了
很多人像鱼米一样获得了生命
成为一个村庄的源头

风吹稻浪啊，鱼米飘香
很多年以后，吃着鱼米长大的乡亲
也像鱼米一样，遵守着
风俗，地理，农时，节气
出于对轮回的感悟
对生与死，有着深深地记忆

风一路从南吹到北
河水却有很多的岔道
一个人在村庄走着，顺着风
就找到了婚嫁与墓碑
跟着流水，就找到了用于一家之口的鱼米
一个人活到老，他完整的一生

也会被流水，深深地照见
而秦岭只在远处涌动，耸起浪花与野兽的脊背
从不准备向他靠近

春　天

已经到了春天，村庄再一次
跨过了冬天的门槛
像一个人，起了个大早
是要在天亮以前，让我和他一起
走过鸡坡村的沟坎
把一筐粪，送到梁上的麦田

一张农历的脸，几声农谚一样的咳嗽
也是要告诉我，春色已有了三分
一分归了流水，剩下的二分
一分在村头，一分在村尾
雨一下，村头就绿了
风一吹，村尾就热闹了
闹哄哄的桃花，说开就开了

一个人老了
春天的老母亲，一生的热爱都在村庄
想到什么什么就在发芽
看见什么什么就在开花

爷　爷

他老了，八十岁的年龄
已经可以让他
从心，而不逾矩
但八十岁的身体
力不从心的时候，还是越来越多
一颗八十岁的心脏要把能量
输送到遥远的神经末梢
就像大地的汁液，要爬上
一棵大树的顶端一样吃力，缓慢
但大地没有停下来
还是给我们带来了春天
在春天，他种菜的好手艺
让一块地合于自然
给我们带来了好胃口好身体
老，其实是陌生的
尤其是我正活在一个狂妄的年龄
中间还隔着
刚刚知天命的父亲

石头河

因石头而命名的河流
在我的家乡岐山仅此一条
一条也就够了，足够我的乡亲们
逐水而居，把平淡的日子过到底
河水他们用来浇灌麦田
石头他们用来建造房屋和宫殿
山外的朝代在变，只有河水不变
在遥远的太白山，就听到了召唤
一路向南。水因山而得名
五里峡，路平沟，白云峡
三岔峡，桃川河，后河……
只有河底的石头始终来历不明
任谁也数不过来。但
也有例外，此人乃一石匠
长着一副石头的心肠石头的模样
一双手，能把天上的云朵
地上的流水，花草捉到石头上
只有他，能让一块石头开口说话
河水的下游，乃有一关
名曰：斜峪关。此关以南
水中乃有卧虎石，鸡冠石，将军石
只有到了这里，石头才有了姓名

只因为石头动了凡心
长出了老虎的，鸡的，人的模样
有时候雨水来自天上
更多的时候，水落石出
水流入渭河就成了渭水
只有一河白花花的石头
各安其位，挤满了坎坷不平的河床

老　屋

三间瓦房，外加一间厨房
前面是土墙，我有意把它们画在纸上
不让一张白纸空空荡荡，这是我的梦想
多年前，一个父亲的愿望
却是站在一堵旧墙面前，想象它尘土飞扬
想象着砖石自己能动，沙子从河里跑了上来
想象着山上的树木，在晚风中开会
清晨，一根根木头就叩响了家门
而叮叮当当的敲击声，总是从梦中来临
响应它的是一把大锤，一锤定音
南北狭，东西长，地基东西走向
这就是我们后来的睡眠，一律向南
朝着秦岭，这座伟大的院墙
早上醒来，最先看到的是房前的白杨
到了晚上，夕阳烧红了山峦
牛羊的叫声在村庄上空回荡
然后是一个父亲在院子里
弄出了一阵不大不小的声响

九龙山

大自然的宫殿，处处都是一幅画卷
神的荣耀在这里发出了光辉
受教化于诵经的声音
一棵棵树木有了仙风与道骨
一块块石头，一千年不动凡心

这山中的日子，一树树鸟鸣
剪开了山径。一阵阵风
高一声，低一声
声声都含着对我们的宽恕与悲悯
在九龙山，曲径通幽，流水不腐
一颗浑圆的露珠也承受着天地的恩宠

在九龙山，春山相对开，白云回望合
我们所说的菩萨在高处
低头，叩首，念大悲咒
她经卷一样的内心，让我们
在下山的路上各自安好
悲伤在身体里还没有醒来

双福寺

去双福寺是在一个晚上。银汉无声，明月高悬
人间烟火照亮了一张张尘世的脸

朱漆的庙门，分明就是一条界线
跨进去，就等于与身后的俗世做了一次诀别

看见了香火，也看见了贪爱，无明与妄心
看见了木鱼与青灯，也看见了一个僧人忽明忽暗的背影

背影里的戒律与慈悲。在双福寺要正视佛的眼睛
正视眼睛后面那一颗清净无染的本心

在双福寺，迎面而来的人都是因为因缘
那个跪在佛前的人，要相信她身上的因果报应

父亲，你的一生

父亲，你的一生，都局限于一个村庄
村叫鸡坡村，庄叫鸡坡庄
二十多户人家，站在村子东头
喊一声，村子西头就有人回应
巴掌大的地方，放下了天，放下了地
放下了八百里秦川做了院墙
也顺带的放下了烟火，生育，悲欢
父亲早逝，死于疾病
母亲来自河南许昌，兄妹四人
你是他们的小儿子。小，却没有得到
命运的礼遇与眷顾。多年以后
没有任何的意外，只是区别于父亲和哥哥
你长成了另一株土生土长的庄稼
从左手换到右手，镰刀变成了镢头
斧头变成了锄头。仿佛一块地
麦子换成了玉米，大豆
也像一头牛换成了另一头
一头猪换成了三餐和我们的新衣裳
时间，放在村庄也仿佛是
一点爱中又加入了一点
也仿佛爱中加入了恨
对于土地和生活，你接受了它们的馈赠

也容忍了它们的劳役与苦楚
我也想像你一样，多年前
这样的想法遭到你的唾弃
我只好好好学习，天天向上
你在地里劳作，耕种，收获粮食和汗水
我收获的则是一张张奖状

在夜里想起故乡的夜晚

在夜里想起故乡的夜晚
想起那个生养我的村庄
袅出饮烟，牛羊归栏
牛羊的叫声在村庄上空回荡
隔壁的大妈，在呼唤小儿子的乳名
整个村庄都被她的乡音笼罩

村庄的夜晚很黑很黑
月亮是村庄最亮的灯盏
而我一直希望有这样一个夜晚
灯不是太亮
所有的亲人围坐在一起
我们什么也不说
像村庄上空挤在一起取暖的星星
就这样感到安静而满足

一根白发

我是多么地想念那些黑发
一心一意地黑着，更像是来自一副身体
不像一根白发，我真的不了解它的想法
尤其在母亲身上，我对付不了它

当她坐在黑夜里，我会看见她突然放松下来的身体
像要在黑夜里融化。我羞愧
竟然说不出她十年前的样子
因为黑夜也无法安慰她。一根白发要叫出更多的白发

尽管在夜里，黑夜几乎让我瞎掉
错把一根白发当成黑发，错把羞愧当成了宽恕
却阻止不了，羞愧又悄悄发了一次芽

春天来了

春天来了，那么多的东西
就要开始向外生长。我们等了你十年
你的坟头只长草，仿佛你已
化身为另外一个父亲，在地下
也没有歇下来，又干起了
为一个个草籽播种的活计
像多年前，你把种子撒进地里
这件事情，在你走了之后
我们干起来特别的恍惚与吃力
几亩地，现在缩小成几平方米
缩小成一个土堆。年年春天
春风都要从那儿路过，我们都要
走到那儿，跟在春风后面
双膝着地，和那些泥巴跪在一起
默哀，垂泪，看着你，父亲
一天天把那面坡地弄绿

暮　色

已经很少走回去了
十几里路，一头是我居住的小镇
另一头，是生养我的村庄
到现在，它依然是
一个游子灵魂里的故乡
三间瓦房外加一间厨房
把它们叫作家，就等于叫出了
旧时光中的一家人
父亲和母亲，我是他们的小儿子
因为小而得到了庇护
又因为小而失去了父亲
以至于后来的那么多年
我把自己和一些不能说话的遗物摆在一起
我的嘴常常是空的
一个看不见的父亲，像虚空
像喊不出来的疼痛
而母亲大病初愈的脸说明时间
又过去了一年，院子外面的
椿树和槐树长高了一截
又一年清明，暮色中
是越来越散淡的炊烟和上升的纸钱

故乡辞

1

喊出故乡，就等于喊出了
年迈的双亲，就是把父亲和母亲加在一起
衰老，但并不相互放弃
事实上，这样的情况只是少数
更多的是他们被迫分开，像一个单音
就像这么多年，家对我来说
只剩下母亲，喊出时
总是抑制不住要哽咽

2

我要用两个人来谈论故乡
他们是我的父亲和母亲
我要用两个词来谈论他们
它们分别是“死亡”和“疼痛”
死亡我把它说成是一把镰刀
疼痛我把它说成是一块磨刀石
记得那些年，农忙时节
土地开始向我们要人，索命

而我总是一手拿着镰刀，就触到了父亲的死亡
一手拿着磨石，就触到了母亲身体里的疼痛

3

如果让我说出，在故乡
牵心动肠的两件东西，我只能说
它们是父亲的坟和父亲留下来的老屋
事实上，就像一个搬运工
这么多年，我一直把它们向外搬动
但现在，我必须得承认
即使我用尽一生的力气，也无法
把它们取尽，不仅是因为
它们牢固的贴着大地
同时，还在于另有一些东西
藏在其中，哑着声
在喊我的魂，却从不准备现身

4

走回去，我越来越不愿意暴露自己
因此，我更愿意让灵魂出窍
替我回一次故乡，就像那些
游荡在村庄上空的亡魂
他们一直藏在暗处，谁也不想惊动
事实上，在村庄，我和他们
没有根本的不同，都被认为

是已经走丢的人

5

如果能够，我愿意把我的故乡
搬动到这个平原上的小镇
在故乡，路叫做山路，地要叫它山地
一出门，就是上山下山
我的乡亲，这些在土地上操劳到死的人
我愿意从他们的肩头卸下一些负担
与他们相同的是，累死于土地的牛
每一头，我都愿意为它们申冤
这是两支庞大的队伍
不用说，一切都和土地有关
现在站在这个小镇往回看
它们几乎是被一群巨人举到了天边

■ 第三辑　画像

母亲的春天

门响了一下。时间是在早上六点半
风，是冷的。她的身子缩了一下
疼痛就从身体里面推了她一把
已经到了春天，她有点担心
疼痛会不会像过冬的梅花
春天辽阔，追赶着她的晚年
而母亲苦弱。她有点怕
前天夜里，她曾经小声的哭泣
因为哭泣，昨天她更加的卖力
今天，她的力气又暗暗地发了一次芽

悼金粉

姐姐，现在我要和你说说外面的春天
说说一朵桃花，说说你桃花一样的脸
说说那些柳叶，嫩绿的时间
说说这个你曾停留的人间，说说你比春天
还短的一生啊——二十八年
我都想好了，姐姐
去年我叫你姐姐，今年我和你同岁，明年你就是
我的妹妹。我希望时间是快的，老的
就像我如果再老一些
我都想好了，姐姐
你就是我的女儿
让我想起你，就老泪纵横
让我想起你，就把自己当作一捧搁在世间的骨灰
有手，已经握不住笔
有嘴，喊着你的小名
让我想起你啊，姐姐
就像一个老父亲，又老了一寸

盲妇人

在白天我无法忍受的事物是黑暗
但另一个人，却默默忍受了五年
整整五年，时光在一天天的黯淡
而她也越来越像，一截黑炭
我们说的光亮，对她来说
就是灼骨的火焰，尽管明亮
却不能让她用来当做照明的灯盏

给贝多芬

就像声音无法走回我的身体
我无法走近你，哦，贝多芬
在你三十岁以后开始重听
这折磨人的病痛几乎使你丧生
但天才的光辉，你自己也无法熄灭
这朵危险的火焰，它几乎洞穿了
你失去听力的晚年。外界的声音
开始泯灭，而内心的声音却越来越
清晰，像一位看不见的神
你只听从它的召唤。在维也纳
你算不算一个异乡人，莱茵河的河水
泛着青光，我们都应该有这样一个
精神上的父亲。不叫骂，不酗酒
你没有卑怯的躲避时代的痛苦
你赞美过革命。但毕竟音乐不同于
战争，否则你会不会是另一个拿破仑
在你三十岁以后来临的还有爱情
朱丽埃塔和泰蕾兹就像两朵
病痛的鲜花，但爱过就已足够
天才的爱情注定要无疾而终
我感到隐忍的力量，就是把一切苦痛
都咽下去，就是在沉默中化悲痛为力量

痛苦无法驯服你，你像一头狮子
音乐里有你的痛苦和永不妥协的力量
就像两根尖针，紧抵着人们柔软的心窝
但我听不到你的声音，哦，贝多芬
仰望你就像仰望一座高山
我有两只听不见的耳朵，它们长在
我的身上，就像两对干枯的翅膀

我要在两只耳朵里埋下一对雷霆

我写下“聋”，身体里就一片寂静
两只耳朵，多少年了，除了雷霆
几乎没有什么声音可以把它们惊动
我也习惯了，在这个没有声音的小镇
带着雷电的内心，却闷声不响，只把疼痛抱在心上
要把这么多的声音，隔绝，消灭
两只耳朵，我知道，早已是一副石头的模样
我见得最多的也是一副副铁石一样的心肠
就是一张张脸，也仿佛是寂静在铺展
也仿佛是寂静碰着寂静，让我摸着两只耳朵
就想在里面埋下一对雷霆，而不是
怀疑寂静在怀孕，两只耳朵啊
也被我说成是寂静的小母亲，一直在做着梦

在冬天

在冬天，我感到母亲的身体里
刮着一阵阴冷的风，一阵又一阵
像要吹灭一盏灯

那粒豆大的灯，在母亲的身体里
越来越弱，就像在冬天
母亲的衣服越加越多

漫长的冬天，我一直希望
有足够多的好天气，阳光照在地上
像温暖的火，更重要的是
我希望母亲像阳光那样健康的活着

劈柴的人

斧头是重新磨过的，磨石在中间
又凹下去一些，木柴堆在院子外面
被整齐的码在一起
他的手是脏的，沾过水的斧头
却过于锃亮，像他刚刚放在
墙角的锄头，还带着劳动者的余温与光芒
妻子在厨房，当她把一小把柴火塞进灶膛
在院子外面，一村的炊烟送走了夕阳
暮色里，他双手对搓，举过铁锤的胳膊
得到了一双瞄过墨线的眼睛的校正
现在，对着一根木柴直劈了下去
这个时候，斧头进入木头的声响
也总是“哐”的一声
让我走出来大声地喊他父亲

哦，穆罕默德
——看电影《天堂的颜色》而作

哦，穆罕默德
看不见的小小少年
像一小块黑暗，搁在世间

哦，穆罕默德
今天你哭了一次
你的眼泪，就像是黑暗的泪滴
就像黑暗在哭，哆嗦着
抖成一团，又渴望被拆散

哦，穆罕默德
你又笑了。因为今天在乡下
你摸到了奶奶的脸庞
摸到她的手，又白又亮
高高的树上，鸟的叫声
有野花的香，牧草的光芒

……一小块黑暗睡着了
哦，穆罕默德
今天晚上，月亮照着我也照着你
我相信伊朗乡下的月亮
一定比中国的亮。但我还是想

把中国的月亮和伊朗的月亮
共同放在你心灵的天堂

哦，穆罕默德
我等着，明天打开盲文课本
听你继续念："月亮照亮了地球
没有月亮的夜晚，一片漆黑……"
听你又一次固执地把"照耀"念成"照亮"

在盲人诊所的一个下午

诊所的摆设，井然有序
它们的位置，我知道
就像一块骨头和穴道，对于一副身体
就连一小块跟进来的阳光
也稳稳地停留在一张桌子上
只有我，在一扇玻璃门后面
感到整个房间在微微地动荡
而当他把手，停留在病患者的腰上
时间也仿佛停下来在细细的考量
就像他并不急于用力
只把两只手轻轻地挪动
试探着那些骨头的锋芒
他也一定感觉到了，那些暗藏的疼痛
就像一窝锋利的光，仅仅在几分钟之后
就在他的指尖闪亮。等到他
终于开始用力：揉，搓，拿，捏
我却需要花费更多的时间来体会
这一整套程序和它们对身体的意义
在这个下午，他的想法肯定是
要把几块损伤的骨肉，重新安妥在患者身上
让那些不听话的疼痛驯服，骤然吃惊

也让我在还没有离开之前
就已懂得深深地后悔
为什么忘不了他眼里的黑

一天堪比经年

你的一生，又常常被具体到一天
父亲，我放弃了年，这个大而无当的词
你知道，它空又满。我想放下的还有
以年计的那个渺小的数字
我想说：父亲，一天堪比经年
我想以这样的速度去计算，把时间放慢
但我还是遇到了1993年的秋天
1993年的秋天，比放慢的时间还慢
九月的一天，到现在我还没有过完
在那座山上，父亲，你不知道，我一直在盘算
怎样卸掉一块石头的重量，怎样让它们一个急停
把力气用尽。怎样给它们装上翅膀
让它们飞起来，越飞越轻
你不知道，父亲，我一直站在高处
喊它们的魂。让它们魂飞魄散
我就会为它们摸顶，念经
把它们的杀心，灭于无形
让它们忏悔，流下石头的泪
我还盘算着称死亡为兄弟
和它谈谈天，谈谈地，生与死，来与去
人间的悲欢，一个父亲心中
小小的，一家的生计

最后，我盘算着和它说一说
一个儿子的心愿：给死去的时间
接续上一天，再接续上一天
让它们复活，像血一样热
也像心跳，在一个父亲的生命里
奔跑，前仆后继

哑　伯

他身上有一种吓人的力气，我们都害怕
被他钳子一样的大手抓住，而他也乐于
在我们面前，让疯长的力气
在身体里窜来窜去。就像一出身体的哑剧
眼睛瞪大，嘴唇绷歪。他也更愿意
把你抱在怀里，一双青筋暴凸的大手
在你身上捏来捏去，听你喊他骂他也不生气
这样，仿佛就找到了一点活着的乐趣
在那些年，让我们因为疼痛而心生畏惧
但最后，因为恐惧而逃离，却是因为
更多的时候，我们看见了他被劳动放空的身体
和他身上的孤单，灰暗与疲惫

琐　事

时间就像一个简单的加法
我的日子在逐日递增
我一遍遍地描画着我的生活
感觉到还是那些细小的事情
小到内心的一次远游
一闪即灭
它们像草
不能被太阳的野火燃尽
甚至一天也像
一根
细小的针
竖在我的头顶

小　何

话不多，孤寂的生活
使他更倾向于沉默
开口说话的是他的两条瘸腿
怎么看，都像是对我们的拷问
但事实上，我们一直在忽略他
直到有一天，这种拷问
在他身上升级
在他头上升到了顶点
一根头发是怎么变白的
我们说不清
一千根，一万根头发在变白
这集体的暴动，却在
逼迫我们虚弱的内心
对此做出应有的回应

信　仰

一本《圣经》，一副老花镜
提示着她有着不同的身份
那些年在村庄
她是一个离上帝最近的人
落星湾，鸡坡村
耶路撒冷的上帝，也会来到这里
相比于约伯，亚伯拉罕
一个旧时代，地主的老婆
哦，上帝，宽恕她吧
宽恕雕花的木窗
多出来的粮食，多余的土地
宽恕那些丝绸，银器，人子的罪
到了晚年，她把信仰
安置在一间喂养牲口的窑洞里
早晨，两个儿子在门外喊她
因为祈祷，她醒的很早
并梦见了圣母玛利亚
再没有什么能伤害她了
疾病，衰老，死亡
即使一个村庄和时代也不能
她看见什么什么就是爱
想到什么什么就是宽恕

姐　妹

她们少年丧父，两朵皱巴巴的菊花
在七十年代的秋风里，又苦又香

她们经历的婚姻，有着羞涩之美
八十年代的春风，先后吹来了生育之喜

九十年代，托儿带崽的母亲，儿媳，妻子
开始关心一个家庭的生计

柴米油盐的日子，有着生活之苦
春种秋收，雨水和霜降里有着身体之痛

后来的老，也仿佛不仅仅是蒙受了时间的灰烬
而是因为她们又一起失去了母亲

这个命运多舛的女人，她的苦难从来就没有被说出
而是在两个女儿身上又得到了传承

女医生

四十多岁的女医生，还不习惯
让一支笔代替她开口说话
但陌生的患者，长幼无序，身份不一
都有一双失灵的耳朵

耳聋需画字，事关问诊
她还是不得不写下几行潦草的提问
作为一个耳科医生，她熟悉一双
耳朵的构成：外耳，中耳，内耳
鼓膜，耳蜗，前庭，听毛细血管
她的检查单有：CT，电测听，脑干反应
她可以熟练的得出结论：功能性耳聋
神经性耳聋，药物性耳聋，混合聋
她听到了大同小异的病史，用药史

耳聋多苦恨，有时候
她也会花一些时间，额外的听一听
一个人的成长史，衰老史，家庭构成
但她总是适时的把一对对父母和儿女
纠正过来，一张脸就有了职业赋予的表情
聋，无闻也。具体到一个人身上
患者：男，年龄：十七岁

曾有感冒史，耳聋前曾有耳鸣
某一天早上醒来，耳朵失灵
诊断：突发性耳聋

画　像

一张照片，你深陷在里面
岁月深处的脸，像一张
浮在水面上的月亮
“天上有一张，水里也有一张”
诗人灯灯说。我知道
她说出了真相，说到了我的疼处
我们共同的疼处

在我生活的这个小镇
曾经有人以画像为生
只要一张照片，一张脸
就可以在另一张纸上复活
那栩栩如生的技术
常常让我，瞠目结舌
因此，也使我相信
那个画像的人，他的内心
一定时时供奉着一具具头骨，脸谱
更重要的是还得有一位至高无上的冥神
也因此，他的笔才敢落在纸上
并让一张张死去活来的脸
一律都变得安详

画像人的存在，直接启发了母亲
有一年，她走到那里
但最终，她还是放弃了给你
画像的想法，事实上
我知道她和我一样的害怕，画像人
心中一根根剔净皮肉的头骨
和一张张陌生的脸谱

悲　伤

年初二，四十多岁的表哥
死于医院的病床，这是谁也
想不到的结果。一场疾病
在带走表哥的同时也杀死了自己
也仿佛是一眨眼的时间
一个人进了病房，出来就变成了
另外一个人。死亡让表哥变的
有一点陌生，也多出了另一个身份
阴阳相隔，最亲的人有了最远的距离
但死是什么？死者从来就没有说清
死者带给生者的教诲，现在只是
源源不断的悲伤和泪水
除了哭，我们还准备送表哥最后一程
生者对死者的理解，就是让他
尽快入土为安，希望他
到了另一个世界也不要忘了
还有亲人在人间。而新的一年
也不会停下来，大雪依旧要下的纷纷扬扬
我们依旧要回到各自安身立命的生活中
只是喜庆的声音会让我们想起去年

想起老来丧子的二姨和姨夫
想到只有旧时光还在让表哥向后生长
还能稀释两位老人的悲伤

清明诗

母亲在洗手，上香，嘴里一直在念叨着
她的话和焚烧的纸钱，是要给你
带去阳面的，人间的问候和消息
因为你，很多事情都有了可能
在这一天，我们都有了幻觉
先是母亲耳朵里有异响，然后是我
看到了晃动的门帘。一定是你
在房子里走动。一副身体对另一副身体
常常会有神秘的感应。只因为你还是我们的亲人
在这个你不在的人间，你的身份依然没有改变
也只有你才能让我们说清自己是谁
来从哪里来，去往哪里去，一阴一阳
因为你，让我们感觉到同时被两个世界爱着
它们之间突然没有了界线
而你也可能在我们经过的每一个地方藏身
你可能就是来临的一小块黑暗
也可能就是一道弯曲的光线
你曾经多次这样安慰过我们
活过了三十岁，我也终于懂得了
一个死去的父亲，寄身于清风，草木和山水之间

有无数个替身，而多年来
头顶的月光，也总是来自不同的地方
越来越像是一封读不完的长信

给伊利亚·卡明斯基①

亲爱的病毒，亲爱的耳聋
亲爱的身体，亲爱的伊利亚·卡明斯基
你说得对："当我失去听力，我便
看见了声音。"

亲爱的苏联，乌克兰
亲爱的美国青年，你生在1977年
你不知道，1982年
有一位中国母亲在怀孕和分娩。

你的母亲呢？伊利亚·卡明斯基
我想到你耳聋时只有四岁
父亲的话，你还听不懂。
你在忙着数一个号码

你多么想打一个电话
但不是给妈妈。你的内心，小小的爱
先是给了声音，然后
是诗歌带你回家。

---

① 伊利亚·卡明斯基：美国诗人，四岁时失去听力。2011年9月荣获了首届中国·宁夏"黄河金岸诗歌节"鸿派国际诗歌奖。

而我，是在一张纸上
练习笔画。一横一竖，一撇一捺
都是你陌生的东西。当我写下“聋”
其实就等于你给声音又打了一个电话。

哦，伊利亚·卡明斯基，我的好兄弟
当这个下午，我们在一首诗歌中
遭遇在一起。你不会哭泣，我也不会哭泣
哭泣的是身体，是两个病句。

我常常念着这些好听的名字

山药。党参。白术。黄芪。甘草。茯苓
地黄。当归。茱萸。木香。女贞子。鸡血藤
藏红花……我常常念着这些好听的名字
我喜欢它们之中的山药，喜欢它味甘，平
补脾，养肺，固肾益精。喜欢它们之中的党参
配石莲止痢，君当归活血，佐杏仁补心
喜欢甘草，味甘，气平，性温却有解毒
止痛之功用。我尤其喜欢地黄
喜欢它填骨髓，长肌肉，生精血，补五脏，通血脉
利耳目，黑经发。喜欢鸡血藤活血，暖腰膝
多年前，一个母亲的心愿是把它们放入同一个药罐
在天黑以前，药罐里有她煎熬的七点半
多年后，一个母亲的晚年是吃下一粒粒黑色的药丸
就是这些药丸，让我喜欢上了老中医
喜欢上了一副被草药浸泡的古中国的道德和脸

小镇上的朋友

“人民路上的汽车，我真的想摁掉
它们的喇叭，让它们都变成哑巴”
我的朋友张富强打着手势说
人民路上有他的家，人民路上
有他又聋又哑的老婆

早晨九点，宋家尧市场炸开了锅
应该感谢的是上帝，没有给那些
水果与蔬菜也分配一副喉舌
我的朋友张燕说“我真的想
不声不响，就能够把它们带回家”
人声鼎沸，混浊，这原本就不应该是她的幻觉

在这个小镇，我说出西三路，凤凰路，广场路
就等于叫出了郑维利，黄向辉，孙春梅
剩下的，我真的再也不想知道
这一日三餐的生活，到底动用了多少寂静
同时又废弃了多少嘴巴与耳朵

阴　天

大雾一再地压低
再低一点，就要触到我的身体
再低一点，我就疑心
父亲，是你从天上走下来
因此，我曾一度喜欢上了这样的天气
我也总是选择，在这个时候走出去
和那些陌生人走在一起
我承认，这些陌生人我并不爱他们
我只是喜欢看着一张张模糊而潮湿的脸
在大雾中乱窜
就像你，父亲，在这个尘世
暴露出异端，让我爱上并开始学着接受
你以这样的方式屡屡出现

母亲的晚年

在一服中药里，可以找到的
东西有：红花，香附，女贞子，山茱萸
在一副身体里，则可以
找到：颈肩，腰腿，关节，肌肉
在颈肩里可以找到骨刺
在腰腿里可以找到疼痛
在关节里可以找到风湿
在肌肉里找到的则是：麻，胀，疼

你们不知道，昨天
我对着一张挂图，寻找穴道
今天，我则对着一个药罐，练习煎和熬
你们不知道，我的心是苦的
嘴是苦的，在母亲的晚年
重新开始发声：哦，妈妈

五　月

年初二，我们接受了表哥的死亡
在以后的日子，像往常一样
不仅接受了时间的抚慰
也相信表哥在另一个世界，活了下来
并时常给我们以提醒
表示他以另一种方式在往返
以及他对亲人的惦念
接踵而来的清明，正适合生者
给死者带去人间的问候和消息
四季更替，生死轮回
在这人世的无常与因缘中
哪一样都可能反复的抓住我们
因此到来的五月，会又一次
把另一个人的死亡摆在我们面前
只是相比于表哥，在大姨去世以后
大姨夫的死，就更加的像是
去另一个世界回家和团聚
死亡终于有了温情，另一副面孔
就像我们在晚上看到的月亮
不圆满，有一点点的黯淡
但它却接引着一个上升的灵魂

并不给我们过多的悲痛
它只让我们的心疼了一下，又疼了一下
就放开了死者和自己

母亲本纪

姐妹五个，你排行老三
兄弟四个，你排行老五
引不起人注意的位置
让你过早的看见了生活的冷脸
没有识字课本，没有一支铅笔
在本该上学的年龄，你却走上了坡上的麦田
劳动让你的身体发育的有一点饱满
令人羞愧的事情每月都要发生一次
你悄悄地问过姐姐，两朵皱巴巴的菊花
在夜里，又惊恐于爹的咳嗽
直到有一天，你们共同看见了死亡的嘴脸
那一年，你十七岁。你对爹的记忆
开始于一块麦田，无休无止的劳作，庄稼
结束于一个坟头，另一块麦田
你对母亲的记忆则要深刻一些
一只受难的母羊，无休无止的生育掏空了她

二十岁，你的婚姻是那个年代的另一个版本
父母之命，媒妁之言。你的婆家
就隔着一个山头。婆婆来自河南许昌
公公，一个老实巴交的农民，像爹
你的丈夫，他们的小儿子

你很快就适应了他，像水适应了杯子的形状
委屈时，也能在心底柔软的喊一声：冤家
在你二十一岁的春天，春风吹来了生育之喜
你由儿媳，媳妇，多出了另外一个身份：母亲
当一个稚嫩的声音开口喊：爹和娘
你也在心里喊了一声爹娘。尤其是公公和爹
你常常把他们当成了一个人，直到又一次春回大地
春风吹，吹来了公公的死亡和丧葬
用多少泪水才能说出一个人内心的悲悼和哀伤
母亲，两个坟头隔开了阴和阳，孤寡的婆婆和娘

二十三岁，你又一次做了母亲
柴米油盐的生活，一个家庭的生计
有着姓氏的麦子，玉米和大豆
日复一日的生活在打磨着你
在日出和日落之间，是上山下山
是割。挖。砍。提。背……这些负重的词
在青菜，萝卜和土豆之间，是我们最爱吃的饭菜
在日落和日出之间，是灯下，琐碎的家务
拉家常，话桑麻，是劳累的身体
黑暗里点缀一样羞涩的性和日常的睡眠
一个人的三十岁来的麻木又疲惫
那一年，父亲在村头烧石灰
早晨六点半，开门的声响传得很远
我记得那一年冬天，天降大雪
一夜之间，覆盖了村庄
在村头，父亲曾经用一阵叮叮当当的敲击来取暖
像一头豹子，越过了整个季节
母亲，你是另一头知冷知热的豹子

一个家因为你的照料，才像一个温暖的巢

父亲的死降临在你三十四岁的秋天
那一个下午，你还努力地在日常中下潜
噩耗，仿佛天上的雷让你灵魂出窍
在奔往沟底的路上几次摔倒
山路，在你的脚下像一条受惊的蛇一样
呲呲的乱窜。现在想来，这真是一个奇迹
一个血肉模糊的父亲竟然没有让你晕倒
你只是精神失常，才觉得你真的有一副铁石心肠
你真的可以把石头给父亲的疼还给石头
把死亡还给死亡，你真的可以和时间赛跑
听不见血的叫声。母亲，十年生死两茫茫
归去来兮，你真的觉得你还可以用泪水来招魂吗
你也知道，在村庄土地需要一个男人的力气

四十岁，三间瓦房，六亩坡地的主人
有一天，我看见你对着一把镰刀小声的哭泣
又很快把哭泣变成了安慰和力气
一日三餐，山水流年，这看似平常的生活
已经让你付出了艰辛的努力
具体到：一张张水费单，电费单，学费单
具体到一笔欠款，具体到一头牛，一头猪
具体到雨水，芒种，霜降，梁上的麦田
具体到一小把柴火，一顿晚饭
夜晚的失眠者，常常不出声，一个人
对着虚空喊疼，也因为一副身体
具体到：胳膊，腰腿，关节，颈椎
都成了疼痛的沦陷区。苦

仿佛是天生的，带着命定的顽强与坚韧
苦中之苦，就是苦中又加上了一些
就是命里三尺，命外又加进了三寸

四十不惑，五十知天命
在儿子的耳聋中你迎来了自己的晚年
在晚年，对于身体的疼痛你终于开始妥协
一个人去医院，回来后，又犹豫着
不知道，该不该让我看你的检查单
这些身体里的暗疾，秘密，带着与生俱来的敌意
让你越来越看起来像一个病人，而你
却一次次拒绝了医院的病床，一颗
走投无路的灵魂，时时都感到生活的重压
只有回到日复一日的操劳中，顺应天时，地理
把卑贱的劳动，从一个村庄的麦田
搬动到一个小镇的超市，把一双侍弄庄稼的手
腾出来揉搓一个个馒头，才能够落到实处
而我却看到了你身上的灰暗，越来越坏的脾气
有时候是因为疼痛，有时候却是出于怨言
不让你说话，把你变成哑巴
我不知道，母亲，要一个人把声音压回心底
这需要多大的忍受与力气，我只知道
我的话你也越来越听不进去，但你确实需要
一个说话的人，来治愈你的晚年
日复一日的劳作也消除不了的孤单

二〇一三年，你不得不在孤单中频繁的出入医院
五十六岁的身体，因为劳累早已像一台磨损的机器
这儿是病痛，那儿也是病痛，新病痛压着旧病痛

"癌"可怕的疾病，怎么能和你有关
住院，检查，在手术通知单上签名
在你进入手术室的一瞬，我把手在身后握成了拳头
我不知道，母亲，在那个时候，你在想些什么
直到你奇迹般的再一次站在我的面前，生活的面前
我才又一次看清了你。是的，母亲
你有一个耳聋的儿子，没有父亲的儿子
你怎么能放弃自己。是的，母亲
没有一个衰老的父亲，在我们身边
我们已经到了谁也离不开谁的程度
活着，就要相互紧紧地抓住
二〇一四年的春风，吹着父亲的坟头
吹着你大病初愈后虚弱的身体
你给我说：二十年后，你又一次梦见了他
一个死去的父亲，二十年后
在我们心中也有了各自不同的样子
时间，曾经多么的慢，现在又是多么的快
二十多年过去了，你是一个
多么疼痛多么悲伤的母亲，但你忍受着
二十多年过去了，你是一个
多么孤单多么苦弱的母亲，但你承受着
二十多年过去了，你又是一个
多么倔强多么坚强的母亲，但内心的力量你不知道
二十多年，你低声跟随着命运，苦难和生活
但一个母亲内心的爱，你不知道
你不知道，母亲，因为你二十年后
我再也不能把内心的爱对另一个人大声的说出来

天上的父亲

1. 时间

时间在消耗着一把镰刀刃口的光芒
而你被黑暗所笼罩，曾经是明亮的
一个家，因为你的照耀才像一个温暖的巢
我们慰藉你的光芒而生长
现在，我依然怀念那些温暖的时光
并相信它们拿走了我一生的光
事实上，我更愿意回想，在家里，在这个世上
把你具体到每一样熟悉的事物上
如果我这样说出：铁锹是你的
镢头是你的，木犁，镰刀和绳子都是你的
就连我们也是你的亲人
那是我希望，在这些事物上
重新看到你暗藏在其中的光芒
同时，也被迫说出另一个更为真实的情况
在你死后，父亲！这一切都出现了差错
我们都提前患上了衰老症
身体里慢慢地透露出了灰暗的铁锈

2. 回家

想到你可能会走回家里
但想象不出你会以怎样的方式回来
我记得你在的那些年，每一次走回家里
总会弄出一阵不大不小的声响
一个活着的人，在这个世上
总比一个死去的人更容易被我们觉察与说出
而现在我只好动用比喻，把你想象成一阵风
一缕空气或者其他的更为隐匿的事物
事实上，我还是遇到了无法避免的困难
我只能这样说，只要你，父亲！仍然走回家里
以什么样的方式都会得到允许

3. 死亡

你不在家里，没有人能够填满那种空
在死亡把你带走的时候，我们一下子
仿佛都被你抛弃。这个你曾经停留的尘世
你的死亡，比不上那些在庄稼地里
被你反复拔除的草，甚至一个村庄也不会
因为你曾经是他们的村长，多给你一滴泪水
只有在自己家里，你的死把我们全都挖空
你的死，像一记重锤，我们全被你
砸成很重的内伤。你不在了，父亲！留下我们
用一生的时间来悲伤，用一生的时间来疗伤

4. 泪水

母亲在哭，但已经渐渐的失去了力气
几天来，母亲的哭声浸在悲痛的泪水里
越压越低。到最后，就变成了
一根磨钝的锯条，深陷在木头里
现在她哑着嗓子，已经哭不出来声音
家，因为父亲的死，变成了痛苦的沦陷区
多年之后，我只看见三滴泪水
落进了悲痛的河里。母亲是其中
最大的一滴。我从来没有见过
一个人有那么多的泪水，即使把我和姐姐
身体里的泪水加在一起，也不够
用来说出她泪水的十分之一

5. 土地

父亲去世的那一年，家里的土地歉收
同一块地里，我们打不下粮食
却不得不花费更多的时间
说话是多余的，除了干活
我们没有更多的力气。但我和母亲
我们的力气加在一起，也没有父亲的大
母亲的前面是空的，父亲还没有来得及
教给我的东西，她正在一点一点的做给我看
母亲越来越像父亲，我是说父亲在借用着母亲的身体

并暗中为母亲变性。在村庄土地是沉重的
需要一个男人的强悍与力气

6. 坟

走回去，我愿意说起那些泥巴
愿意说起那几亩坡地，那间土垒的小屋
因为是父亲留下来的，它们都像我的亲人
最揪心的是父亲的坟，每一次走到那里
我的心就像一个拳头，在身体里缩紧
多少年了，我已经说不清
那块泥巴，曾经让我长跪不起
那块泥巴，曾经让我抱头痛哭
现在，我只感觉到每一块泥巴里
都有父亲的魂，我选择它们之中的一小块带回家
我多么需要一个父亲，多少年了
一小块泥巴代替了他

■ 第四辑　周颂

在周朝

秋风已经越来越凉了
接近一个朝代在时间中的体温
在周朝，人们还以食为天
而天默默地的接受着人们的献祭
落下来的雨带着善意
风在土地上吹
有德者，受到普遍的尊敬
打下来的粮食，有的作为口粮
有的用于献祭和耕种
人和牲畜，禽鸟
还保持着最自然的关系
一生中最大的事情只有两件：生和死
秋天不仅从时序中来
也从一个人凉薄的内心开始
草木的敏感比得上时钟
每一片叶子都含着暗示
一个人夜观天象
也就随口说出了天气和吉凶

湖　水

秋风一吹，湖水就有了绵密的皱纹
雨来了，千万个雨滴被安顿在这里
湖水的倒影里，柳枝挽着白云
挽着没有姓名的鲤鱼
哦，有人叫了一声
隔着湖面，另一边就有人答应
岸边的柳树，隐去身子的鲤鱼
包括被一阵风，重新松开的白云
都能够听懂，多么好啊
天和地在这里都得到了湖水的照应

甘　棠

蔽芾甘棠，勿翦勿伐，召伯所茇。
蔽芾甘棠，勿翦勿败，召伯所憩。
蔽芾甘棠，勿翦勿拜，召伯所说。
——《诗经·召南·甘棠》

在秋天，草木在人间各安其位
一棵树，三千年前怎样生长与枯黄
三千年后，还是怎样生长和枯黄
一个人却只能反复地活在历史中
他有限的一生，无限的敞开着
任谁都可以进入：有德者，嫌疑犯，无辜者
以及后世的立法者。从不同的角度
看过去，有人得到了安慰，有人得到了鼓励
也有人因为被赦免把他和一棵树放在一起
因为他们互为替身和比喻
后世传言：时代的天空，明镜高悬
秋风吹，带着浓烈的杀气
风吹甘棠，每一片叶子都如威严的仪仗
善恶两端，邪念萧索
天地鬼神都得到了他的照应
每一个人，也得到了时代的道德和公正

春天，或者王羲之与《兰亭序》

永和九年，暮春之初
一千六百年，仿佛一个漫长的轮回
又到了三月三日，又一年春回大地
春风吹，几千里山河
都得到了她的抚摸
仿佛你在魏晋写意的笔法
一落笔，就是石破天惊
一落笔，满园的春色就要摇摇欲坠
一张纸，仿佛就是你的祖国
一张纸，仿佛就是你胸中的几千里山河

饮酒，赋诗
魏晋的诗酒，再加上魏晋的风流
也敌不过你醉意醺醺的一行行书
雄秀之气，出于自然
遒劲飘逸，兼其众美
一笔，翩若飞鸿
一笔，婉若游龙
若轻云兮之蔽月
若流风兮之回雪
笔笔都是为了不朽
笔笔都有意外之喜，都有天才的光辉

哦，书圣先生，哦，《兰亭序》
哦，魏晋的山水在春天都领有浓墨重彩的旨意
一如祖国的大地，千年之后的桃花
还像是你隔山隔水的妹妹，开在春风里
朵朵都委婉，朵朵都含蓄
朵朵都暗藏着古中国的美
而你失传的技艺，也在春风里
被一根根张扬的柳枝点破
笔笔都心手合一，笔笔都道法自然
仿佛出自你的心意和手笔

春风五丈原

桃花开得古朴，热烈
赶了五公里的路
在诸葛亮庙，看五丈原
五丈原就是一位圣贤
圣贤，越是古代的越好，越是古代的
越道法自然，以德配天

春风里有香火缭绕
有古柏，古槐参天
我把它们看成是一群老臣
有汉风，有唐韵
有一把中国的老骨头
更有碑石之心
温柔敦厚的亭台
忠肝义胆的献殿
“臣本布衣，躬耕于南阳。”

巍巍五丈原
“陂陀而开，高爽广平”
而时间仿佛一段下插的斜面
春风吹，角声远
小人间，藏着大悲欢

公元234年，诸葛亮七出祁山
他的眉，一千八百年
任是春风吹不展

春风吹，它肯定从河的南岸
吹到了渭河的北岸
在五丈原，春风就像是
圣贤的眼眸，一回首
又把原下的秦地，抚摸了一遍
同时，也把渭河的水
提升到了内心，眼眶
再看，河的北岸，
周原，古老而年轻的岐山
就是一幅画卷

与之对应是秦岭
在五丈原，看秦岭
秦岭就像是凝固的波涛与青铜
白云找到了歇脚的地方
在秦岭脚下的小村庄
将星陨落的地方
我找到的则是故乡
故乡：麦苗青青，油菜花黄
闹昏昏的春天，今日桃花
明日梨花，后天杏花
都做了春风的新娘

在下原的路上，我的身心
经历了一次短暂的沉降

我有意把秦岭比作一根伟大的脊梁
把五丈原说成是一块隆起的胸膛
和我这个汉人，共用了同一种血浆
像春风，一直被寄放在世上
不声不响，却越来越像
一颗古老而结实的心脏

润德泉

只要说起一个王朝，你就会出现
一个人，要尽心知性才能够知天
而一个王朝，只有以德配天才能和天
默默地感通，得到它的教化与启迪

周虽旧邦，其命维新
而你要更神秘一些，历史在默默地
传颂着：有一天，枯竭多年的
周公庙泉水，喷射盈尺

就像从一个大梦中醒了过来
你无意的冲动，投好了另一个朝代的心理
自从你被赐名："润德泉"就有了神力

曾经一个朝代默默地看着天的脸色
有了你，福祸，兴衰，在人间都有了依据
你也被看成是上天在这个地上的使者
开始有意无意给人间以提醒

说你们要见祥瑞，说你们要见刀剑
德者，得也。作为一个得到天道的载体
你给后世的教诲是：只有德才是一脉活水

周公旦赋

子曰："甚矣吾衰也！久矣吾不复梦见周公"
而你也更适合从梦中来临，像一条河流
在源头，缓缓地打开了自己的一生
文王之子，武王之弟，成王之叔
"我与天下亦不贱矣"。历史叫你
姬旦或叔旦，我只默默地
跟着《史记》念："旦为子孝，笃仁异于群儿"
那时天道流行，赋予万物
那时的天下，就像后来我们看到的那样
得道者多助，失道者寡助
有人积善累德怀保小民，惠鲜鳏寡
有人暴虐失德肉林酒池，大行炮烙之刑
"我不是有命在天乎！"
而头顶的天已默默地换了容颜
天行有常，不为尧存，不为桀亡
一个人只有尽心知性才能够知天
就像你默默地修炼着自己
仰而思之，夜以继日，幸而得之，坐以待旦
像一块被反复锤炼的青铜，为一个王朝
赢得了天命。摄政为王，平判三监
你把天命当成了自己的使命
大行分封，制礼做乐

尊尊，亲亲。一种新的秩序就此诞生
礼以调身，乐以调心，你不仅要
治愈一个王朝的顽疾，还要给它一个
以德配天，敬天保民，明德慎罚的灵魂
周公吐哺，天下归心。你理想中的天下
就是家国，就是血脉，就是大宗和小宗
兄长早已薨亡，等年幼的侄儿映在火光里的脸
不再黯淡与单薄，说明时间又过去了六年
这一夜，一轮满月终于让你感觉到圆满
你哗的一声脱掉了自己的身份
从秩序的顶点重新做回一个人
一个文明就要渐入佳境，死已经不是你
唯一的结局，你的死要更神秘更伟大一些
祖国记着你，人民默默地温习着周公之礼
祖国和人民都得到了你源源不断的教化与启迪

丰　年

风调雨顺的一年，雨水多过了往年
种瓜得瓜，种豆得豆
有人连夜播下麦黍，有人彻夜难眠
种子在地下破壳的声音
仿佛急促的鼓声在叫喊
这一夜，隔着很远
天子和贱民，诸侯和奴隶
包括村头的哑巴四叔都能够听见
历史在这一天，清晰可见
有人酿酒，有人宰牲
有人祭天，有人祭地，祭祖先
只有四叔不言不语
他的哑巴，仿佛来自遗传
来自对土地深深的感恩与理解

晚　年

“有卷者阿，飘风自南”
一阵风，让你感到老之将至
而你，早已将生死置之度外
你迷恋过的这些龟甲，青铜
它们都有天命，一种神秘的秩序
让你开口：“凡治之道，莫急于礼
礼有五经，莫重于祭”
复又沉默。昏暗的灯下
你紧皱的眉，浓的像墨
手中的竹简，要写下历史最难忘的一夜
窗外的明月早已会意，只要你
一抬头，就要和你撞个满怀
天道就是人道，窗外的时序在变
这一夜，天空又有了秋天的表情
身上的衣服开始薄了，凉了
星星们一眨眼，就变成了纷飞的落叶
这片土地，鱼来过，凤凰来过
四足的兽来过，你还是感觉到她不圆满
你的使命是必须再一次在日出中
让她得到一个老人的修正

周 颂

1. 母亲姜嫄

厥初生民，
时维姜嫄。
生民如何？
克禋克祀，
以弗无子。
——《诗经·大雅·生民》

这一夜，不同于往日
一阵阵的眩晕，种子发芽一样的眩晕
在一个女人的身上生成
一种纯洁的渴望，带着母性的气息
自柔软的胸部升起，这无限
漆黑的一夜，有着更深的寓意
后世默默传颂着：赫赫姜嫄，其德不回
历史有意无意，在这一天
留下了让后世不断误读的线索与伏笔
草木，林下的小径
还有着最纯粹的善意
哦！你一脚踩上了神迹
而看不见的神，随物赋形

躲在暗处，窃窃私语
就像把一粒种子放进了土地
而孕育种子的身体，因为神秘
因为有着说不出来的心领神会
时代的黑夜里，你真的忍不住啊
要眩晕，要呕吐，要成为一个孕育时代的母亲

2. 先祖后稷

思文后稷，
克配彼天。
立我烝民，
莫匪尔极。
——《诗经·周颂·思文》

我是否真的看见了你
在典籍，在故纸堆里
在时代的互联网之上
你更像一个不速之客
离奇的身世，给后世
留下了种种暗示
一个个问题留了下来
但你不回答，也不回避
完全出于对土地的信赖
和对栽种的热爱
你才一天天的成长
像一株土生土长的
稷，麦，麻，黍

直到长成一个国家的农师
一个时代饥饿的胃
因此而得到了缓解和安慰
对于祖国，你是农业之神
对于子孙，你是先祖
肉体凡胎的人，在人与神之间
你同时接受着后世的香火
和一个庞大的族群的家谱

3. 古公迁岐

古公亶父，
来朝走马。
率西水浒，
至于岐下。

——《诗经·大雅·绵》

在时代与历史之间，我需要寻找
一种恰当的方式，才能说出你
就像你，曾经努力维持着一个
族群内部，以及与另一个族群的矛盾与平衡
那是在三千年之前的豳地
历史在这里有着不同的说法
却一致认为：有德者受到普遍的尊敬与顺从
包括祖先的美德，还在荫蔽着儿孙

度漆沮，逾梁山
历史的转折发生在漆黑的一夜

你像一头熊，深一脚，浅一脚
对于夜色中的大地，早有耳闻和领会
并且对自己由来已久的感觉和敬意深信不疑
因为你相信，土地会把你带到目的地

“周原膴膴，堇荼如饴”
天意暗合着人意
从三千年后看回去，确实也是这样
而你正忙着：家室，宗庙，祭祀，耕种
百废待兴，日光下
你有着不同的侧面和背影

4. 文王之声

> 文王在上，
> 於昭于天。
> 周虽旧邦，
> 其命维新。
> ——《诗经·大雅·文王》

你是明亮的，亮如火焰
几乎找不到瑕疵和黑点
相对于暴君，你是一把悬而未落的剑
隐忍的杀气，看起来却只是道德与天意
相对于宗族，你是一个老父亲
带着与生俱来的仁爱，政治和阶级性
相对于臣民，你是他们的首领
有人悄悄传言：你未卜先知

辨忠奸，别善恶
一副八卦里藏着玄机，生死和命运
就是到来的黑夜对你也有着善意的提醒
那一夜，渭水东流
有人入梦，道号飞熊
一根钓竿，煞是奇怪
不钓水里的鱼，只钓世间的王与侯……
接下来的一天，晨光亮如你梦后的醒悟
历史因此留下了访贤的千古美谈

5. 武王伐纣

执竞武王，
无竞维烈。
——《诗经·周颂·执竞》

一切都已经水到渠成，蓄势待发
祖先的脸，一张又一张开始频繁的入梦
比竹简还要薄的脸，让你摸黑
读了一遍又一遍。而新的一天
好消息一半来自祖先的护佑与光临
另一半，总是来自气数已尽的暴君
他还是一意孤行，暴虐无常，纵欲杀戮
权利的快感，像一剂致幻的迷药
最终，即使一场大火也不能让他醒悟
而清醒的送葬者们已经熬红了眼睛
你手中的钺，因此一呼百应

6. 周公之礼

有卷者阿，
飘风自南。
——《诗经·大雅·卷阿》

由来已久的敬意，使你更像一尊出土的青铜
鼎或者尊。时代的匿名者们都已下落不明
只有你诞生于一条伟大的产道
风黑月高的夜晚，还在一次次重回人间
站在秩序的顶点，时代的盲点
也站在姬周—— 一个族群的后面
三分天下，已经全部归周
国家的政治需要修补
人间的伦理道德同样需要修修补补
最精彩的一笔，还要你来补上
你一沐三握发，一饭三吐哺
要给伟大的时代补上最后一课
礼乐就此诞生，带着尊卑，和同，鲜明的阶级性

图书在版编目（CIP）数据

画像 / 梁亚军 著. -- 北京：作家出版社，2015. 9
（文学陕军新梯队作家书系）
ISBN 978-7-5063-8357-8

Ⅰ. ①画… Ⅱ. ①梁… Ⅲ. ①诗集 - 中国 - 当代
Ⅳ. ①I227

中国版本图书馆CIP数据核字（2015）第238035号

画　像

作　　者：梁亚军
责任编辑：秦　悦
特约编辑：冉晓雄
装帧设计：回归线视觉传达
出版发行：作家出版社
社　　址：北京农展馆南里10号　　**邮　　编**：100125
电话传真：86-10-65930756（出版发行部）
86-10-65004079（总编室）
86-10-65015116（邮购部）
E-mail:zuojia@zuojia.net.cn
http://www.haozuojia.com（作家在线）
印　　刷：三河市紫恒印装有限公司
成品尺寸：152 × 230
字　　数：59千
印　　张：10.25
版　　次：2015年10月第1版
印　　次：2015年10月第1次印刷
ISBN 978-7-5063-8357-8
定　　价：36.00元